복수초

나답게 사는 시 005

복수초

지은이 | 이길원
펴낸이 | 一庚 張少任
펴낸곳 | 돌집 답게
초판 인쇄 | 2021년 7월 15일
초판 발행 | 2021년 7월 20일
등 록 | 1990년 2월 28일, 제 21-140호
주 소 | 04975 서울특별시 광진구 천호대로 698 진달래빌딩 502호
전 화 | (편집) 02)469-0464, 02)462-0464
       (영업) 02)463-0464, 02)498-0464
팩 스 | 02)498-0463
홈페이지 | www.dapgae.co.kr
e-mail | dapgae@gmail.com, dapgae@korea.com
ISBN 978-89-7574-333-7
ⓒ 2021, 이길원
나답게·우리답게·책답게

나답게 사는 시 005

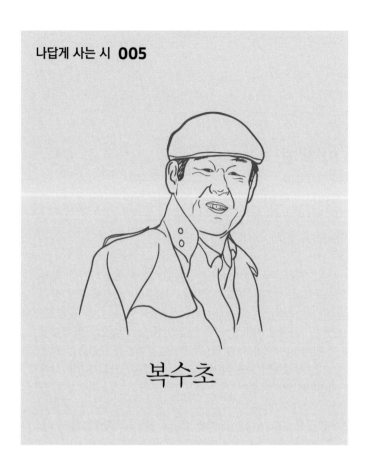

복수초

이길원 시집

도서
출판 답게

이 길 원

국제PEN 세계본부 이사, 국제PEN 한국본부 이사장 역임,
망명북한작가PEN 고문, 문학의 집 이사,
《문학과 창작》,《미네르바》 편집 고문

수상 : 대한민국 문화예술상, 서울시 문화상, 천상병 시상, 윤동
주 문학상, 시인들이 뽑은 시인상, 대한민국기독문학 대상 외

저서 :『하회탈 자화상』,『은행 몇 알에 대한 명상』,『계란껍질
에 앉아서』,『어느 아침 나무가 되어』,『헤이리 시편』,『노을』,
『가면』,『감옥의 문은 밖에서만 열 수 있다』,『시 쓰기의 실제
와 이론』 외

영역시집『Poems of Lee Gil-Won』,『Sunset glow』,『Mask』,
『The Prison Door can only be Opened from outside』

불역시집『La riviere du crepuscule』
헝거리역 시집『Napfenypalast』

2부 순환선

3부 노을

노을

노을이 내린다. 우물쭈물 보낸 하루. 어느새 하루가 흐른다. 살금살금 기어 나온 들 고양이 눈 마주치자 휙 자취 감추듯, 활짝 피었던 꽃들이 봄비 한 줄기에 속절없이 진다. 오월이 저만치다.

등에 꽂히는 햇살이 따가워 그늘 찾던 유월도 잠시. 어물어물 하는 사이 추석. 그리고 또 한 해가 지난다. 그렇게 시간이 흐르는 사이 석양이다.

지나온 시간을 생각해 본다. 그동안 열심히 시를 써 보았다. 시를 읽지 않는 세태라고 불평하면서도 열심히 시집을 출간했다. 서재에는 시인들이 서명해서 보내 온 책들이 넘쳐 난다. 시인 개개인에게는 소중한 시집이련만 몇 줄 들춰 보곤 그냥 소장되고 있는 시집이 더 많지 않은가. 필자가 서명해 보낸 것이라 소중히 보관하다 보니 쌓인 책들도 걱정이다. 도서관에 증정하려 해도 받지 않으려 한다고 한다. 시인들이 참 많기도 하다. 나도 그중 하나다.

아무도 읽지 않는 시. 그저 내 좋아 쓰던 시도 "이제는 접자. 시집 출간도 그만 하자."고 생각해 보았다. 길 떠난 시인들이 우리들 기억에서 아득하게 멀어지듯 우리도 떠나면 그 뿐. 제 갈 길도 바쁜데 누가 기억해 주랴. 그런데 열성적으로 좋은 책 출간하는 출판사 〈답게〉 장소임 사장이 시집을 출간하자 한다. 어쩌면 마지막 시집이 될 성싶다.

코로나로 숨은 듯 지내다 보니 아무도 만나지 않은 삶도 그런대로 견딜 만 하다. 이렇게 지내다 보면 노을도 곧 질 것이다. 아프지 않게 노을이나 즐기라 한다, 어느새.

출판도시에서 碧泉

1부 나답게 사는 시詩

집에 대한 예의

사랑하라
긴 여행길에 오른 당신의 삶을

비바람 태풍에 끄떡없는 집을 짓는 까치도
제 몸보다 수백 배 큰 집을 짓는 개미도
기도하듯 만든 집에서
새끼 낳고 키우며
사랑 하나로 버티거늘
우리 삶에 사랑이 없다면
궁궐인들 무슨 의미가 있으랴

사막을 걷는 낙타의 오아시스 같은 집
일을 마치고 해거름 돌아와
하루를 감사해하며
내일이면 다시는 못할 것처럼
사랑하는 사람과 함께 웃고
철없는 아이처럼 뛰며

살아 있음을 마음껏 즐거워하라
이는 집에 대한 당신의 예의

여행이 끝나는 날. 마지막 휴식처
가장 편안한 무덤의 문을 열 때까지

아침 제비 꽃

문 두드리는 소리에
누군가 싶어 창문 여니
봄바람
창틀에 뛰어올라
뒤따라온 햇빛 장단에
춤을 춘다

눈부신 춤사위

짐짓 놀라 들에 서니
제비꽃
아버지 무덤가에서 보았던
제비꽃
사랑에 취해
제 몸 하나 가누지 못하고
살랑댄다

아버지
살아 있는 것만으로도 환희이군요

등나무

상수리 줄기 타는 등나무처럼
누군가의 등에 기대어 살아온 날들
염치가 없다
이제는 주워 담을 수 없는 말들
천박한 나의 입술에 상처받았을 이웃
아픈 마음 헤아려 본다
이제는
얼굴 할퀴는 말에도 노여워 말자
서산 넘는 노을처럼
고운 추억이나 뇌자
늘어나는 주름 속에

용왕산에서

걷는 사람 뛰는 사람
공을 굴리는 사람
정물처럼 앉아 지난 시간 떠올린다

어두운 골목 대문 앞
누가 볼세라 몰래 훔치던 입술에
쿵쾅거리던 심장
난생처음 타본 신혼여행 비행기
첫 밤을 보낸 성산포 앞바다
눈부시던 일출봉 아침 햇살

또옥 또옥 물 한 방울도 아끼며
가난을 훈장처럼 달고 살던 젊은 날
어쩌다 와인 한 잔에 가슴 떨던 날도 있었지

폭포처럼 빠른 시간 아이들도 품을 떠나고
은빛 머리 주름진 얼굴로 생각해 본다

평생 못 해본 말
-사랑한다

무심히 바라보는 용왕산 노을 아래
손잡은 노부부의 느린 걸음 곱다

커튼 콜

내 연기演技가 비록 마음에 들지 않았더라도
아이야
커튼콜하며 무대 비우는 배우에게 갈채 보
내듯
박수를 쳐라
최선을 다한 나의 연기다
막이 내린다고 우는 사람 있더냐
촘촘히 등 돌려 무대 내려오는 나는
박수를 받고 싶다
내 서던 곳에 누군가 또 열정을 보일 것
이제는 너의 차례
신神이 누구에게나 한 번 주는 배역
비록 마음에 들지 않더라도
최선을 다해라

산다는 건
주어진 역할에 따르는 한 편의 연극 같은 것

편지

학교 문턱도 못 가본 어머니
갓 결혼한 사위에게 보낸 오래된
아주 오래된 편지

……미거훈 여아 범백사을 골로 가르치지
못흐고 백연중 훈 일생을 그대에게 부탁하니
사소훈 허물에 매여 실책지 말고 조용히 이르
고 가르처 어진 성언으로 인도하압기 바라며
훌융훈 여인이 만타훌 지라도 그대 인연은 그
뿐이라 생각하고 백연일생 하로같이 지내시어
해로동락을 업디어 빌며 이만줄이니……

팔순 매형 곱게 간직하다 보여준 편지
아직도 신혼처럼 손잡고 산책하는 다정도
이 편지 힘인 듯

가면

나는
여러 개의 가면을 가지고 있다
아내나 아들 앞에서
친구 시인 아이 어른 남자 여자
때마다 등에 지고 다니던 가면을 재빨리 바
꿔 쓴다
맨 얼굴을 본 사람은 아무도 없다

어느 날인가
가면을 벗고 편안안 자세로 누워 있는데
그만 아내가 보고 말았다
아내는
추악하고 징그럽다며 몸서리치는 게 아닌가
아차, 싶어 얼른 다시 썼다.
다시는 잊지 말아야지 하며

이 가을
처연하도록 밝은 달빛 아래
보는 이 없을 것 같아
살며시 가면을 벗고 하늘을 보았다
별을 보았다
내 얼굴 익히 아는 부처님
달빛 따라 비스듬히 내려와
내 눈물 닦고 있다

북한산 소나무

언제부터 그곳에 있었을까
바위투성이
살 붙일 곳도 없는 아슬한 등산길에
소나무
갓 푸른 스무 살 처녀처럼 반들반들한 허리
오가는 사람 그 허리 잡고 험한 길 넘는다

부처님이다
얼마나 많은 사람 그 허리 잡고
아슬한 길 넘었을까
나도 지주 삼아 빙그르 돌며 바윗길 넘는다
그보다 먼저 태어난 중생
누구에게 허리 내밀어 지주가 된 적이 있었던가

소나무만도 못한 짐승
손 모아 합장이나 해본다

자화상

놈은
가슴속에 칼날 하나 감추고 있다
누군가 달려들면 내려칠 칼날을
놈은 날마다 칼날을 간다
날이 시퍼렇게 서도록
나를 보호해줄 건 이것뿐이라며
갈고 또 간다
그러다가도
정작 휘둘러야 될 때가 되면
정말 휘둘러야 하는데
차마 차마 망설이다가
제 가슴이나 후비며
자상이나 입히는
써보지 못하는 칼날 하나
숨기고 산다

아버지가 남긴 은행 몇 알에 대한 명상

바다에 이르자
비로소 잠잠해졌다. 강은
물보라를 일으키며 바위도 흔들어보고
때론 흙탕물을 일으키더니

아버지는 이 산하의 강물이었다
욕심 사납게
계곡의 쫄쫄 흐르는 물 모아
담지도 못하고 흘려보내는

흐르면서도
품에 고기들을 키웠다
끝없이 흘러드는 오수와 싸우며

갈라먹고 더럽히고 헤집다가
모두 떠났다
홀로 흘러갔다
강은 등줄기에 노을 가득 걸어놓고

(돌아가신 빈자리에 남긴 것이라곤 하루에 몇 알씩 톡톡 두
드려 먹다 만 은행 몇 알. 나는 전자레인지에 확 돌려 이마저
한꺼번에 먹어 치웠다. 그뿐이었다.)

구름에 대한 명상

어머니는 구름이 되었다
이제는 강이 된 아버지 곁을 서성이는
슬픈 가락으로 부르던 노래는
구름 끝자락에 매달린 메아리
한 생애 참았던 눈물
마음놓고 흘리기도 하며

내 어찌 알까. 그 마음
기운 이불 실밥처럼
슬픔으로 점철된 생애도
축복처럼 감사하던 마음을
천수경 편 채 불상처럼 앉아
누이의 고단한 삶을 탄식처럼 뇌던
그에게 나는 슬픔이었다

소나기 양철지붕 두드리듯
떠들썩했던 추억 가슴에 묻고

이제는 짐이 되지 않겠다며
발걸음도 조용했던 주름진 미소
하늘빛 삼킨 그 외로움을
나는 왜 몰랐을까

바람의 흔적

어머니
바람이 되려나 봐요

제비꽃 틔우던 바람이
솔방울 떨구며 히죽대던 바람이
무슨 사연 있어
겨우내 계곡에 엎드려 소리쳐 울더니
어쩌려고 이 여름
스치는 듯 흐르다 머물며
가슴을 파고 흔드는지
바람 하나에 숨을 멈추면
내 영혼 바람에 눕고
또 선 하나에 기도드리면
빛을 내는 소리
이 소리
긴 세월 기다려 온
그대 숨소리인가요

발자국 소리인가요

어머니
내가 바람이 될 수 있을까요

2부 순환선

복수초

눈 속에 핀 복수초福壽草
곱다

지금은 공포의 땅
한겨울 눈이 대지를 덥듯
거짓과 위선으로 덮혀버린 산하
부끄러움도 모르는 알량한 미소
코로나는 눈마저 얼려버렸다

그래도
그러해도
백두에서 한라까지
늦겨울 햇살 드는 땅이면
눈을 녹이며 피어나는 복수초
흙탕물 속 연꽃 같은 꽃

눈물겹도록
곱다

봄 꽃

살금살금 다가온 들고양이
눈 마주치자
휙, 자취 감추듯
봄꽃이 진다

내 청춘처럼

순환선

낯선 얼굴이 아니다
낯선 곳을 홀로 더듬는 쓸쓸함보다
더 외롭게 만드는 건
바로 그대

그러면서 나 또한
누군가를 외롭게 만들며
저만 외롭다 한다

하이에나

꿈을 꾸었다. 하이에나가 되는
사슴을 밟고 있는 사자의
용포 같은 깃털에 달려드는 꿈을 꾸었다
누가 사자를 맹수의 왕이라 했던가
무리 진 우리들은 사자가 밟고 있던 사슴을
차지했다
잽싸게 달려들어 한 조각 물어뜯었다
옆에 있던 동료가 낚아챈다
다시 한 조각
또 다른 친구가 덥석 찢어발긴다
죽은 사슴 앞에서 핏발 선 눈빛들
주둥이 서로 밀치며 으르렁 소리 높인다
얼마 남지 않은 살점
서로 서로 물어뜯기 시작했다
피투성이가 된 나도 어느 놈인가 물고 있었다
물고 물리고
나는 그만 아귀가 되었다

배나 채우려 친구나 무는 아귀가 되는
꿈을 꾸었다

길
- 달팽이

젖은 아침
장마에 부러진 갈대 비스듬히 잡고
달팽이 한 마리
휘적 휘어적 머리 휘두르며
꾸물꾸물
간다
울퉁불퉁한 길

한걸음에 갈 수 있는 길이 어디 있으랴

비 갠 하늘
여름 해 달아오는데
길은 멀다

물은 물이다

물이야
어느 그릇에 담아도 물
주전자 대접 컵 양동이
도자기나 사발에 담아도
물은 물

종교도 그렇다

그런데 사람들은
제 그릇만 예쁘다고 우긴다

윷놀이

멋대로 엎어지고 제껴지는 윷가락
신중해도 소용없다
춤꾼처럼 수선이나 떨면 잘 하는 놈
말이나 잘 쓰면 된다
지름길로 약삭빠르게
혼자보다 남의 등에 업히고
고향 선배 동문 챙겨 업히고
앞에 가는 놈 잡고
남의 등에 업혀 가는 놈 잡으면
환호하며 손 흔들고
묵묵히 먼 길 혼자 가는 놈
조롱하며
5천 년 전부터 즐기던 민속놀이
손자들에게 가르치며
허허허허

제비꽃

아무리 사악하고 비천할지라도
사랑은 품위롭고 우아하게 만드나니
사랑은 눈으로 보는 것이 아니라 마음으로 하는 것
　　　　　-윌리암 셰스피어〈한 여름 밤의 꿈〉1막 1장 서문

5월 하늘 아래
옅은 바람에도 하늘하늘 몸 흔들며
배시시 웃는
너
만지면 부서질 것만 같아
가만 바라보는데
어쩌나
어쩌나
보면 볼수록 사랑스러워
자꾸 손이 가는데
-이제는 하고 돌아서면
다시 또 보고파

분 재

애초엔 등이 곧은 선비였다
가슴엔 푸르름을 키우고
높은 하늘로 고개를 든 선비였다
예리한 삽이 뿌리를 자르고
화분에 가두기까지

푸르름을 키우면 키울수록
가위질은 멈추질 않았다
등이라도 곧추세우려면
더욱 조여 오는 철사줄
십 년을, 또 십 년을…

나는 꼽추가 되었다
가슴에 키우던 푸르름을
언뜻 꿈에서나 보는
등 굽은 꼽추가 되었다
사람들은 멋있다 한다

연

바람이 어느 길목에서 갈라지는
라일락 향기 어디쯤에서 흩어지는지
그대 노래 어느 산골에서 메아리치는지
비는 어찌하여 그 길로 내려와 꽃잎에 스치
는지
구름은 왜 또 지는 꽃잎을 맴돌아야 하는지
소슬바람이듯
우리의 인연을 스쳐 보내고
허허 빈 마음으로 바라보던, 하늘은
왜 저리 푸르다고만 하는지

지 옥
- 전골이 된 낙지

틀림없어
저 꽃게 놈이 수상하다고
곁눈질이나 하다가
커다란 발 휘두르며 꽁무니 빼더니
틀림없이 모함했다고
내가 이런 지옥에 빠질 리 없어
배 속이나 채우던 상어처럼
포악을 부려 보았나
날치처럼 으스대기를 했나
목 한번 세워 보지 않고
플랑크톤이나 먹고 살았는데
새우는 아닐 거야
예예 하며 허리 굽힌 채
누구 한번 똑바로 보지 않던 놈
아직도 얌전히 구부리고 있는 걸 봐
여기서 이렇게 죽을 수 없어
물빛 고운 바다 속

산호초 숲가에서 눈감고 싶어
꽃게란 놈
내게 앙심을 품은 게 분명해
몸부림치며 발버둥치는 내 앞길을
이렇게 막고 있는 것만 봐도
아…… 저 눈빛
가위와 집게를 든 염라대왕의 눈빛

3부 노을

계란 껍질에 앉아서

계란 껍질에 붙어사는 벌레며 세균들을 본다
지구에 사는 종족들과 비슷한 엄청난 수의
벌레들을 보며 인간을 생각한다

불과 70Km만 땅속으로 파고들면 부글거리는
어느 구석 틈만 보이면 뛰쳐나오려는
끓는 팥죽 같은 용암들
그런 지구를 미분하면 계란 모양이라는데
계란에 앉은 벌레처럼 얇은 껍질에 붙어사는
인간을 생각한다

매일 먹어 치우는 지구상의 계란보다 많은
우주 속의 별들
그중에 지구처럼 비가 내리는 별에는
나무도 새도
그리고 하나님을 믿는 또 다른 종족들이
닭을 키우며

계란 껍질을 깨며
하나님도 들어줄 수 없는
소원이나 토해내는 기도 소리를 생각한다

먼지처럼 계란 껍질에 앉아
내 얼굴을 누르는
네 두 발의 무게를 느끼며
그리고 죽음 같은 어둠을 생각한다

그 여름, 복날에

바로 그 대추나무다
설핏 부는 바람에 곤두박질치던 내 연鳶을
관처럼 쓰고 있던 그 대추나무다
검둥이는 목이 비끌린 채 매를 맞고 있었다
누군가가 내게 목소리라도 높이면
으르렁 기세를 세우던 목을
수천 번도 더 쓰다듬었던 목덜미를
머슴들은 매달았다

학교 주변을 어슬렁거리다가
교문을 나서는 내게
바짓가랑이 잡으며 꼬리 치던 검둥이가
그날따라 보이지 않더니
거기 매달려 사정없이 맞고 있었다.
누군가가 울며 몸부림치는 내 어깨를 짓눌렀고
굵은 눈물을 뚝뚝 흘리는 검둥이는

그런 나를 바라보며 죽어가고 있었다
나는 혼절하고 말았다. 매달린 검둥이처럼

오늘 같은 복날이면
친구들은
뛰는 메뚜기처럼 젓가락을 움직이는데
40년 전 검둥이 눈물이나 떠올리며
내 젓가락은 동그라미나 그린다

개

시모산 기슭에 개를 키우는 집이 있다. 언젠가는 보신탕 집에 팔려갈 누런 똥개들을 쇠사슬에 묶어 우리에 가두고 키우는 집이 있다. 갇힌 똥개들은 사육장 근처를 얼씬거리는 발그림자에도 지레 놀라 시끄럽게 짖어댄다. 그럴 때면 집을 지키는 사냥개가 으르렁 발톱을 세운다. 꼬리를 내리는 똥개들. 안방을 오가는 스피츠란 놈은 그런 똥개들이 안중에 없다. 주인이 바뀌어 죽어야 하는 똥개에겐 관심이 없다. 꼬리 흔들며 사냥개 근처나 살랑거린다. 주인 눈치에 익숙한 사냥개는 방바닥에 발자국을 남기는 스피츠에겐 꼬리를 흔들면서도 끼깅대는 똥개에겐 이빨을 세운다. 그 집에는 으르렁대는 개와 꼬리 흔드는 개와 꼬리 내리는 개들이 함께 산다.

가만 보니
으르렁 대는 개나
꼬리 흔드는 개나
꼬리 내리는 개나
모두 개는 개다

하회탈 자화상

하회탈 쓰고 춤을 춘다

뺨을 적시는 서러운 눈물
가슴에 흐르는 땀방울
모두 감추고 춤을 춘다
훔치고 싶은 담 너머 과수댁
그 음흉도 바짓가랑이에 묻고
하늘 보고 더덩실
땅을 보며 화들짝
꽃이 피는 까닭도
새가 노래하는 이유도
하회탈 뒤에서 모른 척한다
시름이 먼지 되어 온몸을 덮어도
두 눈만 감추면 그만인 것
구경꾼은 즐거워 웃음을 날리는데

하회탈 쓰고 춤이나 춘다

새가 되고 싶어요

새가 되고 싶어요
그대 가슴 호수 하늘을 훨훨 날며
춤추는 새가 되고 싶어요
하늘 화선지 삼아 난蘭을 치다가
둥글게 선회하다가
그윽이 바라보는 그대 눈짓에
끝없이 비상하는 새가 되고 싶어요
그대 가슴 호수엔 갈대가 자라고
때때로 지친 내가 숨어들면
그대는 따사로운 물결

새가 되고 싶어요
갈대숲에 젖은 어둠도
아침 햇살로 날리며
춤추는 새가 되고 싶어요
얼어붙은 하늘 억센 바람 가르며
자유롭게 춤을 추다가

때로는 이슬로 남는 새가 되고 싶어요
아침이 물가로 날아와
장미 햇살로 둥지를 틀면
내 춤은 환히
그대 가슴에 묻힐 거요

개 3
- 견공犬公의 膾記

놈이 이 땅에 등기를 낼 줄이야
출판 도시 저녁 산책길
목줄에 끌린 놈
그래도 가는 곳은 일정했다
감나무 밑둥에 오줌 한 줄기
몇 발짝 더 가 싸리나무 곁에 또 한 줄기
국화 꽃잎에 코 대고 킁킁
빙 둘러 경계 그으며 등기 내더니
살을 붙이듯 조금씩 넓힌다
나도 어렴풋이 놈의 땅을 짐작한다
그 땅 안에서 놈은 왕이다
길 잃은 개라도 들어오면
이빨 세워 으르렁
놈의 허락 없이는 넘볼 수 없는 영역

인간들도 그 땅에 금 그으며
킁킁거린다

노을을 타고 앉은 부처님
빙긋 웃는다

우츄프라 카치아

우츄프라 카치아를 아시나요

아프리카 어둡고 축축한 밀림 속. 옅은 바람에 묻은 물기, 어둠 속 한 줄기 빛으로 사는. 그러나 누가 자기 몸을 건드리면 시들시들 기운을 잃다가 말라버리는. 그 까닭이 알고 싶은 어느 식물학자. 수많은 꽃잎을 말려 죽인 후에야 그리움과 고독에 목말라 목이 말라 애태우다가 스스로 죽어 가는 꽃임을 겨우 눈치 챘답니다. 자신의 몸을 스쳐 지나간 바로 그 사람이 매일 매일 단 하루도 잊지 않고 어루만져 주면 생생하게 되살아나는. 꽃잎마다 그리움 가득 담은 고독한 꽃임을 겨우 알았답니다

한 번의 인연에 목숨 거는
가련하고 애절한
그녀 같은

오후의 라흐마니노프

햇빛 부서지는 창가에
비스듬히 누워
라흐마니노프의
피아노 협주곡 듣는다

3월, 어느 오후

미안해요
헬렌 켈러

생 수

어디 보자 네놈 그러고도 견디느냐
늦도록 마신 술이 채찍 든 하느님이다
은근 슬쩍 남의 재산 시샘도 하고
아내 몰래 다른 여인 훔쳐도 보고
남모르게 저지른 많고 많은 죄 심판하듯
온몸 구석구석 사정없이 내려치는데
밤새 용서를 구해도 소용이 없다
이튿날 아침 타는 목 안에
생수 한 모금 벌꺽 부었더니
목을 타고 쪼르륵 내장 깊숙이
그간의 죄라도 씻겨 주듯 시원하다

하느님 가까이 구름에 머물며
빈 마음으로 세상 천지 굽어보다가
어느 봄날 진달래 피우던 비가 되다가
풀잎이나 나무를 혈관 속을 흐르다가
땅 속에 스며들어 또 천 년

어느 날 플라스틱 병에 담겨
이 아침 날 기다리고 있었구나
상쾌하다

아!
나는 누구에게
이 아침 생수 같은 적이 있었나

노을

우리 서호의 노을처럼 살자
새벽안개 가르며 이슬을 녹이는
찬연한 빛깔이 아니라
바람에 일렁이는 갈대숲 그늘 어디선가
푸드득 물새 나는 저녁 어스름
서호에 내리는 노을처럼 보일 듯 보일 듯
조금씩 다른 빛깔의 미소로

우리 서호*의 강물처럼 흐르자
물보라 일으키는 도도한 강물이기보다
청둥오리 쉬어가는 갈대숲 만들며
날마다 빛깔을 달리하는 노을
등에 지고 가는 서호의 강물처럼
멈춘 듯 소리 없이

세상의 언어가 아무리 혼탁해도
서호의 강바람에 귀를 놓으면

물새들 지저귀는 사랑 이야기
간간이 묻어나고
먼 하늘 돌던 바람 삼킨 노을은
북소리 되어 가슴을 울릴 텐데
이 눈빛 또 어디로 가리오

* 서호(西湖) : 한강 하류의 옛 명칭. 옛날에는 한강을 호수로
보았다. 그래서 지금의 동호대교가 있는 상류를 동호, 자유
로 지나 헤이리 입구의 하류를 서호라 했다.

꽃 그림자

풀잎이 휘도록 달 밝은 밤이면
꽃밭에 나아가 꽃향기 보듬으리
라일락 꽃향기 달빛에 부서지면
그 향기 모아모아 가슴에 수 놓으리

사랑이란
달빛 아래 어른대는 꽃 그림자

꽃향기 달빛에 부서져 날리듯
아 마음 부서져도
나 그대 사랑하리
그대 사랑하리